Das Pusterohr

Wilhelm Busch

Hier sitzt Herr Bartelmann im Frei'n
Und taucht sich eine Brezel ein.

Der Franz mit seinem Pusterohr
Schießt Bartelmann ans linke Ohr.

Ei Zapperment, so denkt sich der,
Das kam ja wohl von unten her.

Doch nein – denkt er –, es kann nicht sein!
Und taucht die Brezel wieder ein.

Und – witsch – getroffen ist die Brezen,
Herrn Bartelmann erfaßt Entsetzen.

Und – witsch – jetzt trifft die Kugel gar
Das Aug', das sehr empfindlich war,

So daß dem armen Bartelmann
Die Träne aus dem Auge rann.

Ei, Zapperment – so denkt sich der –,
Das kommt ja wohl von oben her! –

Aujau! Er fällt – denn mit Geblase
Schießt Franz den Pfeil ihm in die Nase.

Da denkt Herr Bartelmann, aha!
Dies spitze Ding, das kenn' ich ja!

Und freudig kommt ihm der Gedanke:
Der Franz steht hinter dieser Planke!

Und – klapp! – schlägt er mit seinem Topf
Das Pusterohr tief in den Kopf!

Drum schieß mit deinem Püstericht
Auf keine alten Leute nicht!